글벗시선 202 강자앤 네 번째 시집

사랑이여
눈물이여

강자앤 지음

도서출판 글벗

새 생명의 메시지를 전하며

안녕하세요?
강자앤 시인입니다

시집을 낼 때마다 새로운 느낌으로 다가옵니다. 글을 쓰면서 여러 가지 생각으로 우여곡절 또한 많았습니다. 시란 고독한 영혼의 뜰에서 피어나는 한 떨기 꽃이고, 사색과 명상 인내와 아픔을 먹고 자라는 꿈의 노래요, 사랑의 노래입니다. 새 생명의 메세지를 전하려고 혼신을 다 한 작품이라 생각합니다

세 번째 시집 『기다려보네. 사랑이여』가 작년 12월 31일에 출간되었는데 어느덧 제4집을 출간하게 되었습니다. 부족한 글이지만 나에게는 아주 특별함으로 여기오니 독자들의 마음 한 켠에 좋은 감정의 울림이 남아있기를 소망합니다.

2023년 10월에

차 례

제1부 인생과 커피

제2부 당신의 마음

제3부 축복의 통로

제4부 사랑의 힘

제5부 생각하는 나무

제6부 삶 속의 일부

■ 서평

제1부

인생과 커피

인생 2막

인생은 한 순간이다
잠시 한눈파는 사이
나도 모르게
세월이 흘러 중년이라는
나이에 들어섰다

어느새 도둑맞는
기분으로 눈앞에
허무함을 맞닿게 된다

인생 2막
이 너무나 중요함으로
나만의 음악 여행으로
자신의 자존감을
높일 필요성이 있다

그래서 지금 이 순간
최선을 다할 수밖에 없고
나를 찾아가는
여행이 인생 2막이다.

풀꽃

풀꽃에게
눈이 간다
인내를 배우고
인생을 배운다

무리 지어 피어나도
영역 다툼을 하지 않는다

배려하고
용서하는 마음이
하늘을 같아라

얼굴 다듬어 용태를 뽐내지
아니하고
향기를 뿜어 존재를 드러내는
가냘픈 몸짓,

햇살로 하루를 열고
침묵으로 하루를 마감하는
이슬일 뿐
별빛일 뿐

사랑의 존재

그대 마음 말하지 않아도
알 것 같아
밤하늘에 별을 보며
당신을 그리워합니다

그대라는 이름하에
내 작은 가슴에
포근함 정겨움이 가득 차
내 삶이 넉넉합니다

사랑은 사랑을 낳고
마음은 미움을 낳는다지만
이미 마음의 허물을
모두 벗어 버리고
어디에서라도 다하여
그대를 사랑합니다

나만의 생각이 아닌
같은 마음이라면
아주 멀리서라도
서로를 향한 어떤 존재가 되어
그리움과 기다림에
소중한 씨앗이 될 것입니다

오르막길 내리막길

일상생활에서 좋은 일
나쁜 일 교차하며 이어집니다

그래서
오르막 내리막길로
마음의 중심을 흔들리게 합니다

하지만
두 영혼이 한 영혼으로 가는 길은
고난의 파도가 생의 보금자리를
덮칠지라도
인내로 마음의 평안을 누려야 됩니다

끝내 뿌리 뽑히지 않는 큰 나무처럼
가지마다 허락하여 길잃은
새 둥지 틀게 하며
그 어떤 것 보다 최고의 역전으로

삶의 등잔에 소망의 기쁨으로
젊은 청춘의 불꽃처럼 활활 타오르는
사랑이게 하시고
행복이게 하시어
좋은 것으로 네 영혼을
만족하게 합니다.

소나무

사시사철 푸름을 자랑하고
춥고 더울 때 참아가는
인고의 깊이를
그 어느 누가 따르랴

굽이굽이 지탱해 온
삶의 고통과 눈물 자국
아무 말 없는 푸르름의 이름이여!

석양이 소나무 사이로
비치는 태양을 바라보노라면
나만의 사랑에
애잔함이 몰려온다

한민족은 조상 대대로
적송을 사랑한다는 사실
너는 아는지 모르는지…

노송에 수많은 백화
한 폭 자연 감상에
내 마음이 뭉클하다

억새풀 사랑

하루에 한 번씩
스치며 만지는
억새풀 내 마음에
쏙 들어옵니다

황금빛으로 부서져
내리는 하늘 아래
희열로 몸을 떠는 대지 위에

쭉 뻗은 긴 몸매
향기는 없지만
너와 나의 눈 맞춤
몸의 날갯짓 소리를 듣습니다

내 눈이 감기니
무엇 때문일까요?

그건
사랑이 스쳐 가는 거랍니다

희망의 메시지

내가 해준 말 한마디 때문에
내가 해준 작은 선물 때문에

내가 베푼 작은 친절 때문에
내가 감사한 작은 일들 때문에

누군가를 위해 행복을 전하고
희망의 메시지는
우리의 인생에 있어
소망의 빛이 되는 것입니다

부엉이 사랑

별빛 같은 나의 사랑아
밤이면
사랑도
그리움으로
아련히 떠 오른다

볼 수도
만날 수도 없지만
하늘 아래
사랑이라는 이름으로

어느새 밤에 우는
부엉이 울음소리와
짝을 이루는
슬픈 당신의 사랑이여!

그대 사랑
나의 사랑
나비 되어 하늘 높이
사랑의 보금자리 찾는다

세월의 흔적

아~
세월아
흐르는 물처럼
저무는 태양처럼
인생의 중년기를 맞는다

낙엽 닮은 삶
서걱거리고
세월의 흔적을 남긴다

무지갯빛 꿈
거머쥐지 못한 채
꿈은 그대로
한낮의 꿈이 되었지

이젠
그 꿈마저
꿀 수 없다는 걸
나이가 들면서
알아간다.

인생과 커피(1)

처음에는
뜨거워서 못 마시겠더니
마실만 하니
금방 식더라

인생도
그렇더라
열정이 있을 때가
가장 좋을 때이다
식고 나면 너무 늦다

커피는 따뜻할 때
마시는 것이
잘 마시는 것이고,

인생은
지금 이 순간에 즐겁게
사는 것이 잘사는 것이다.

사랑의 이유

좋아도 합니다
사랑도 합니다

사랑은
그리움이고

그래서
당신을 사랑하는 이유이며

꽃을 보면
눈이 즐겁습니다

싱그러움과 꽃 내음이
아름다운 그 자체입니다

하늘에 구름을 바라보며
내 마음과 당신의 사랑 두둥실

우리 사랑 이유 중에
사랑이 있다는 것입니다

사랑은 시간이다

사랑은 썰물과 밀물
사이에 적절한 시간이다

우연찮은 만남이
좋은 인연이 될 수 있고
아닐 수도 있다

그렇다고 큰 의미를
부여할 필요는 없다

서로의 공감대를
형성한 후에 믿음과 신뢰
예와 아니오는 분명히 해야 한다

서로의 인품을 확인하며
따뜻한 미소와 온화한 성품은
어느 누구나 관심을 갖게 마련이다.

그리고 나를 신뢰의 바탕을
믿고 서로를 바라보며

어느 순간에 사랑이 싹트며
그 이유 안에
사랑하는 이를 가슴에 품고

그 사람이 내 안에서 살면
사랑이 한 송이 들꽃처럼
피어나 새로운 향기에 충실하게 됩니다

예배당(Christmas tree)

유년 시절
크리스마스 이브날
어김없이 나의 발길은
예배당으로 향한다

뭔가 좋은 일이 있을 것 같은
예감 때문인지 몰라도
세월의 흐름 속에 생활환경
문화생활이 다 바뀌어도
변화지 않는 것이 있다

Christmas tree
지금까지 그대로
마음을 심쿵심쿵하게 만든다

어린 날의 추억 중
뇌리에 변화지 아니하고
그날은 나의 축제인 양
내가 만난 가장 행복한 길이었고
따뜻함이 묻어 있는 곳

떡과 과일 공책 연필은
하나님을 믿지 않아도
그저 받는 그 기쁨과 행복은
두 배로 다가왔다

그때 받은 하나님의 선물이
뒤늦게 하나님을 부름을 받고
자녀로 선택받은 하나의 이유였다

희망은 절망의 눈물방울에서
소생하는 빛과 같은 존재였음을
이제야 알아간다

또한 사랑은 고통의 상처에서
피어나는 인내의 꽃
가난한 이웃에도 흰 눈 되어
내리는 신의 축복이여

하늘에는 영광이요
땅에는 평화입니다
성탄을 축하합니다
새해 복 많이 받으세요

오늘도 내일도
영원히 강물처럼 흘러라

자연의 순리

앞서간다고 좋아할 것도 없고
뒤에 있다고 서러워할 일도 아니다

겨울이 가면 봄이 오듯
설움이 흩어지면
기쁨이 넘실거린다

움직이고 변화는 세상
한 생각에만 사로잡혀
고통에 빠지는
우매함은 버려야 한다

물 흐르듯
자연의 이치에 맞추어
무리하지 말고
숨 가쁘게 뛰지 말아야 한다

해 뜨면 일어나 일하고
해지면 아쉬움 없이 쉬는
순한 삶을 희망해 볼 필요성이 있다.

겨울비 오는 밤

큰 눈 오는 날
하얀 눈꽃송이님
기다렸는데

거센 비바람만 슬퍼라
나무는 이리저리
휘청거리며 숨 가쁘네

내 임은 용암처럼 불타는 뿌리
쏟아지는 겨울비를 맞는다
벗은 알몸 안아주기를

바우야
어서 오려무나
모닥불처럼 활활
타 버리자

인생과 커피(2)

나의 하루 알림은
향긋하고 풍부한
커피로 시작한다

나를 비롯해
우리 모두는
그 맛에 익숙하다 못해
은연중에 중독성으로
이미 손이 간다

어쩌면
분위기로
커피에 인생과 철학이
담겨 있지는 않은 지

사랑의 종소리

어둠이 깔리고 노을이 질 때
당신의 사랑이 그리움으로 다가와
강물처럼 흘러 내리는 듯

하나의 사랑 종소리가
메아리 되어 다가옵니다

서로의 따뜻함으로
외로울 때나 슬플 때나
나에게 위안이 됩니다

당신의 날갯짓에
작은 꽃송이처럼
활짝 피어나고 싶습니다

당신의 포근한 가슴에
나의 그리움이
봄에 눈 녹듯 하나가 되길
그리워하며 기다려집니다

아해들과 개들의 썰매

하늘에 흰 눈이
들과 산에 펑펑
지붕에도 내려
온 누리를 흰옷 입힌다

개들은 좋아 꼬리를 살랑살랑
빙판에 자국을 남긴다

날씨는 꽁꽁 차갑게
기온이 내려
가는 곳마다 빙판이라
아이들은 썰매를 탄다

아해들이 썰매를 타니
개들도 따라 아해들과 하나 되어
썰매를 타는 모습

놀기에 바쁜 저들
재미를 느끼고 환한 미소를
보는 나 역시
동심의 세계로 돌아가는 느낌이다

독수리 사랑

나의 연약함 모습 훌훌 털고
독수리가 하늘을 날아가듯
온몸과 마음으로 임을 향한다

밤마다 임 그리며
사랑하는 그대를 향해
어디라도 찾아가오리다

독수리는 뱀을 사냥해
적군인지 아군인지

아마도 사랑이야
때로는 유순하고
온순한 양의 모습으로

비상한 각오로
불타는 사랑을 위하여
그리운 임 찾아 하늘을
힘차게 날아오른다

인생과 커피(3)

커피는 호호 불며 뜨거울 때
마시는 게 제맛이고

커피를 마시다 보면 쉽게 식어
맛이 떨어진다

친구도 따뜻할 때 다정다감
하나의 온기 식으면 멀어지고

친구나 커피는 따뜻할 때
즐기며 마시는 게 중요하며

삶에 즐거움은 길게
괴로움은 짧게 살도록
노력이 필요로 하다

제2부

당신의 마음

당신의 마음

당신 그대는
나와 무엇을 하나

하물며 자연도
아무 말 없이
좋은 것으로 만족하게 다가옵니다

작은 풀잎 하나
꽃 피우려고 노력하는
마음이 가련함이라

당신이 올 때는
무슨 마음으로 왔는가
그대 알지 못하는가
보고도 모르는 척 하는가
알 수 없는 당신의 마음

나를 향한 사랑과 행복을
가져다준 적이 있는가, 없는가
사랑은 내가 줄 수가 있지만
선택권은 당신에게 있지요

비비새의 울음

우연인지
필연인지는
잘 모르겠습니다

매 순간순간 떠 오르는 그대여
비비새의 울음처럼
나 홀로 이리저리
헛걸음치며 다닙니다

하늘 돌아 바람에
구멍 뚫린 아름다운 소식
메아리 되어 다가옵니다

그대의 사랑
나의 손에 담아 주세요
소복소복 햇살이 눈부시고
밤이 되면 별 하나 빛이 됩니다

행복

행복이란
자신에게
주어진 일에
최선을 다하며

구속이 아닌
자유를 누리는 것이다

장미

꽃 중에
아름다운 장미

영롱한 그 자태가
어느 꽃에 견주리오

붉고 흰 모습에
촉촉한 물 한 모금

내 눈빛과 창에
가득 비치네

반입을 열고 웃는 모습을
이 하늘과 이 땅에
짝할 이가 없네

장미와 안개꽃

당신은 장미
난 오다가다
꽃집 앞을 지나노라면
그냥 지나치지 못한다

그 많은 꽃이 자기만의
특색을 살리며
꽃 사세요, 꽃을 사세요
라고 말하는 듯하다

그중에 항상 눈에 띄는 것이
장미다
장미꽃 외에는 눈길이 주지 않는다

장미꽃의 열정과 정열이
얼마나 아름다운가

난 장미가 좋다
그 향기에 취해 꽃 속에 얼굴을 묻고
장미 향기에 취한다

장미와 함께
난 그대에게 안개꽃을
한 아름 선사하리다

장미를 돋보이게 하는 안개꽃
장미의 정열과 어우러져
그 아름다움을 더하게 하는
꽃은 안개꽃이다

너와 더불어 장미가
아름다울 수 있다면
장미를 위해 스스로
안개꽃이 되리라

생각을 바꾸다

세월이 흘러가도
생각이 바뀌지 않으면
하나도 달라지지 않는다

환경 속에
마음이 바뀌지 않으면
하나도 바뀌는 게 없다

세상과 의식이 바뀌지 않으면
하나도 달라질 리 없다

그러므로
생각과 마음을 바꾸라
깨달음의 연속이면
나의 삶이 달라진다

솔방울

솔방울 하나 떨어져
산의 적막을 찢는다

날다람쥐 눈망울에
푸른 하늘이 잠겨 있다

굴참나무 가지 끝에
매달려 흐느적거리는
산새들의 울음소리

실타래처럼 엉긴
인연의 발자국마다
소복소복 햇살이 쌓인다

침묵

하나님은
이처럼 나를 사랑하사
나의 소망을 품고 들어주셨다

나의 삶 속에 언제나 동행하면
내 사랑으로 찾아오리라

우리와 자연이 함께 호흡하면
서로를 통하여 사랑을 나눔 하듯이..

산에 오르면 나무가 바위를 만나고
강가에 가면 물 따라 흐르는 마음

바닷가에 앉아서 먼 수평선을 바라본다

하늘이 주신 한 없는 은혜가 너무 많아
어디에선가 네게 주시리니
나는 아무 할 말이 없다네.

하늘의 뜻과 나의 소망 품는 마음으로
동행의 기쁨을 느끼련다

여자의 팔색조

나이 차이를 불문하고
여자의 아름다운 모습은 늘 바라는 이상이다

세월 속의 외모는 변화는 게 당연하지만
여자들의 로망은 곱게 늙어간다는 것이다

새로운 도전이 필요로 하듯
내면과 외면에 중점을 두어야 한다

새로운 현재에 만족하면
행복이라 충분하겠지만
어떤 모습으로 사느냐가 관건이다

있는 모습 그대로를 사랑하며 가꾸며
충분히 아름다운 모습에
자존심은 내려놓고 자존감은 올라가며
때로는 유순하게 때로는 강하게

음악의 강약을 조절이나 하듯이 노력하면
팔색조의 여자는 어디에서나 사랑받는다

뻐꾸기의 울음

뻐꾸기 피 울음
낭자한 골짜기에
누가 인연의 옷자락을
펼쳐놓았는가

하늘 돌아오는 바람에
구멍 뚫린 메아리

비틀거리는 산새 그림자
꽃잎처럼 지고 있다

네 잎 클로버

네 잎 클로버는
행운의 상징이요
세 잎 클로버는 행복이라

내가 제일 아끼는
토끼 두 마리는 온전히 나의 몫이었다

초등학교 시절 방과 후 오고 가며
눈 부릅뜨고 토끼풀 다음으로
네 잎 클로버 찾기 위해 여념 없었다

꽃반지 시계 책갈피 용도로
요긴하게 쓰는 추억의 한 페이지

네 잎 클로버 찾기도 어려운데
요즘은 5.6개 클로버 발견했다는 소식

믿기지 않는 SNS 소식
믿을 수밖에 없다

봄의 향기 나네

아직은 예쁘다고
만지지 마세요

그 꽃 연한 향기
멀리멀리 날아다니게

봄이랑 언덕 위에
같이 살라 놔 두세요

저 노란 꽃과는
처음 만남이라네

오늘부터 첫사랑
임이랑 봄으로 헤어질 때가 되도록

아장아장 예쁜 향기
곱게 곱게 걸음마합니다

그리운 사람

차 한잔의
은은한 향기에
새삼스레 젖어오는 그리움

햇빛만 바라보며
살아온 해바라기 같은 사람

작은 것도 아끼며
덜 가지려 애쓰는 사람
잃은 것에 무관심이며
주고만 싶어 하는 사람

이런 일. 저런 일
밤하늘에 반짝이는
잊을 수 없는
그리운 사랑이여!

행복을 주는
나의 그리운 사랑이어라.

아버지의 땔감

아버지는 유난히
땔감에 혈안 되어

청솔가지나 나무란 뭐나
다 꺾어 모아 오신다

아궁이에 들어가면
송진 냄새를 풍기며 타오른다

허기진 아랫배
다독이는 소싯적 지게
뒷산 마루에 걸린
억새 대궁을 비벼대고 있다

겨울비

간밤에 비가 부슬
메마른 땅을 적셔

빗소리 나무마다
뿌리에 흡수하듯

봄 계절
멀지 않은 듯
오고 있는 듯하다.

지난밤 내리는 비
봄철을 알리는 듯

나무들 생기 돌아
표정이 웃는 얼굴

날마다
색상이 변해
겨울잠을 깨는 듯

생각 차이

나는
그를 생각할 때
그는 다른 사람을 생각하고 바라보고

그가
나를 생각할 때
나는 다른 사람을 생각하고

그 사람과 내가
서로 각기 다른 사람을
기다리기도 하고 생각도 하고

어느 순간
그는 나를 나는 그를
서로 동시에 생각도 한다

인생은 이처럼
생각이 엇갈린 길이다.

내 마음 따라

내 마음이 나뭇잎인가
오늘따라 바람 불어
내 마음이 흔들립니다

내 마음이 바람개비인가
바람 불어 바람개비
돌 때면 같이 따라 돌고 싶어요

내 마음은 물결인가 봐요
바람 불 때면 연못에
물결이듯 일렁입니다

내 마음이 비인가 봅니다
비 오는 날이면 비처럼 측은해
눈물이 흘러내립니다

눈 속의 아픔

겨울의 상징 흰 눈을 보면
어느 누구나 옛 추억을 떠오르게 한다

온 산과 들 흰 눈이
바다에도 내립니다

높은 산 내린 눈 찬 기온에
가지마다 상고대 되어
우리 눈은 아름답게 보이지만
나무의 쓰라린
고통이 따르지 않을까

우리의 즐거움은 나무의 분재와 같이
고난 후에 행복을 좋아하지 않은가?

나무에 상고대가
피어난 걸 보노라면
아름다운 한편에 아픔이 있지 않은지.

내가 소중하듯
자연도 소중하니까

눈이 내리네

하늘에서 하염없이
내리는 눈발
축복의 은총을 내려 주듯이

산과 들에 흐르는 물
장소를 가리지 않는다

흰 눈이 바람 타고 펄펄
높이 하늘을 난다

새들도 좋아라
힘차게 짝 찾아
하늘 높이 어디론가 날아가겠죠

온 자연을 뒤덮어 내리는 흰 눈
그리운 임 계신 곳에 사랑이 움트길

조팝꽃

앞뜰 꼬마 민들레
여린 싹 올리어
수줍게 웃어주고

창 너무 성큼한
조팝꽃 오밀조밀 꽃망울이

눈송이처럼
피어나는
싱그러움에

밖으로 나가
내 마음
고운 햇살 속에

임을 향한 산뜻한
그리움 실어 보낸다

제3부

축복의 통로

내 안에 있는 형상

내 마음은
네모일까 세모일까
동그라미일까
그림을 그려 보네

그 임이 슬프면
나 슬퍼지고
그가 괴로워하면
나도 괴로워지네

그를 사랑하리라 생각하니
마음과 생각이
함께 오고 간다

검은 구름이 덮인
하늘에 햇빛이 빛나면
임에게 사랑 듬뿍 주며
사랑받으리라

사랑의 존재 (I)

그대 마음을
말하지 않아도 알 것 같아
밤하늘에 별을 보며
당신을 그리워합니다

그대라는 이름 아래
내 작은 가슴에
포근함 정겨움이 가득 차
내 삶이 넉넉합니다

사랑은 사랑을 낳고
마음은 미움을 낳는다지만
이미 마음의 허물을
모두 벗어 버리고
어디에서라도 다하여
그대를 사랑합니다

나만의 생각이 아닌
같은 마음이라면 아주 멀리서라도
서로를 향한 어떤 존재가 되어,
그리움과 기다림에
소중한 씨앗이 될 것입니다.

사랑의 존재(2)

사랑은 알쏭달쏭하네요
서로의 마음과 알 듯 모를 듯
교감이 되고
공감을 함께하고
영과 육이 통하는 사랑이라면
언제나 미련은 없다

사람의 인연은 정을 주고받아
서로의 마음을 알고 있는
경우가 많겠지만
사랑은 촉감을 통해
전율이 전달되는
영혼의 결합이 사랑이다

사랑이 영육의 결합이라면
촉감은 곁에서 상대를 확인하는 방법이다

사랑의 본질은
좋을 때나 슬플 때도
함께 하는 것이 참사랑이기 때문이다.

홍매화

차가운 북서풍이 불어오는
이른 봄 추위
얼굴 내밀기 무서워 망설이는데
누가 불러 나체로 붉은 꽃 안고
육체를 자랑하는가

따뜻한 봄날 남서풍 불 때
남들과 같이 훈풍에 옷을 입고
나오면 좋으련만

벌 나비 보이지 않은데
매실은 꽃 피워
수분할지 걱정되네

수혜자는 따로 있다

벌들은 날이 새면
쉬지 않고 채집해 모은 꿀 먹고
즐기는 자 따로 있듯이

먹지 않고 쓰지 않아 평생
모은 재산 낭비해 가며
향락을 즐기는 자 따로 있다

새는 생전에
개미 같은 곤충을 먹지만
사후에는 개미나 곤충의 밥이 된다

육식 동물은 생전에 먹이 사슬
순서에 따르지만,
죽고 나면 일찍 보는 자가 임자다

사람이나 동물은 살아서
은혜를 베풀어 사후 준비하는 것이
삶의 최고의 비법이다

사랑의 씨앗

외로움 변해가면
그리움 쌓여오고

사랑을 싹틔우면
행복이 찾아오며

발아된 사랑의 씨앗
본인 뿌리 잇는다.

외로움 그리움은
위계에 선후관계

사랑은 서로 소통
밀당은 길이 없네

인생은
같은 배 타고
동행하는 벗이다.

새봄

봄은
마음속에 있어요

부르면
소리로 대답하지요

봄은
웃기도 합니다
그리고 꺾이면 화도 내고
아픔을 호소합니다

봄은
꽃을 좋아해요
그래서 우리 모두의
친구이지요

소나무(2)

한곳에 뿌리내리는
일송정 푸른 소나무여
장엄한 너를 보고
인내와 사랑을 배운다

어느 누구의 옹호 없이
외로움을 모르고
굳은 결심하에
비가 오나 바람이 부나 눈이 오나
강건한 임이시여

찬 서리 눈이 내려도
얼음 옷을 입었어도
변함없는 나의 사랑이여

조상 대대로 솔향과
그대의 절개와 푸름을 사랑하네
인간은
죽어도 너를 잊지 못해
삶이 끝나는 날까지 함께하려 하네.

봄은 너의 이름

너의 이름은 봄
온 자연이 푸르름이 될 것이다
당당하게 움트고 피어나라

꽃샘추위는 아니야
맹추위로 다가와 심술을 부린다

봄아!
너의 들이 인내하는 만큼
더 좋은 세상을 만날 것이다

너와 내가 만나는 날
하이 파이브로 인사하는 그 날에
우리들의 사랑 이야기
무르익어 가고
나의 눈이 즐거울 일이다

봄의 이름 앞에
꽃이여!
사랑이어라.

정월 대보름

우리 민족은 예부터
정월 대보름을 일 년 중에
달이 제일 크게 보여 달 보고 절하며
소원을 비는 전통 행사다

오곡밥과 여러 종류의 나물은
섬유질이 많아 여름을 대비하고,
부럼이 밤, 잣, 땅콩, 호두를 깨는 일
한 해 동안 피부병을 없게 하는 이유란다

특히 부모님은 형제들 일어나면
귓볼개로 막걸리 한 잔씩 마신다
그래서 나의 오감 중 청각이 예민해 좋은가보다

고유의 민속놀이 윷놀이 연날리기 제기차기
밤에 소원 세 가지 적어
달집에 태우며 이루어진다는 전설
음력 정월 대보름은 민속 행사로
일 년 중에 제일 많이 즐기는 이유는
농한기라 그런 것 같다.

믿음과 신뢰

사람은 대화의 창에서
몇 마디 주고받으며
진실과 거짓이 바로 나타난다

현재를 보아도 알 수 있다
얼굴에 가면을 쓴 사람처럼
겉과 속이 전혀 다른 방향으로 가고 있음을

외모도 처음은 호감이 갈지라도
대화에 결렬되며 마음이 떠나고

오직 진실을 통해서야만
믿음에서 코드가 잘 맞아 신뢰를 얻는다

사람은 첫인상에 호의를 느껴
종종 우연이 인연으로…

좋은 감정 속에
깊은 여운을 남긴다.

황새

뱁새가
황새 따라가려다
가랑이를 찢는다

말과 같이
다리가 길면 목이 긴 황새는
무얼 찾느라 목을 빼어볼까요?

희귀한 나그네새
날개는 흑색치요

머리와 온몸 백색
다리는 적색이다

국제적 보호 받는
천연기념물 보호새다

아픈 우정

봄비가 세차게 내리는 밤
너의 안부가 궁금하다

어느 날부터 죽고 싶다는 말을
나에게 한 기억이 문득문득 떠올라
듣는 나 역시나 괴롭다

장막 같은 검은 바람과 비
잠든 영혼을 깨우듯이

어둠의 세계에서 나와
일어나 뛰어라

억새잎 칼날에 잘려
깃발로 나부끼는 삶을
생각이나 해 봤니

흔들리는 은빛 머리칼
은하수 강물 소리 듣게
손잡고 나가자

물안개

뿌연 강 위에
산하로 솜털 구름

눈 앞을 가린 곳에
뽀얗게 피어난 꽃

해님이 찾아올 때면
사라지는 꽃이다

간밤에 비가 부슬
메마른 땅을 촉촉이
적신다

기온이 상승하여
수증기 덮은 산하

뿌옇게 하얀 꽃 피워
그리움을 휘감네

인생은 흐르는 세월

세월에 빠름을
앞산에 피고 지는
꽃들을 보아서 알지만

세월이 빠름은
봄 여름 가을 겨울
계절의 오고 감으로도 아네

세월의 빠름은
어느새 마음에서 느끼는 미세한 소리

입으로 나오는 말에는
아름다운 것보다는
힘든 세월의 하소연이라

살아있는 생명이
녹록지 않은 삶의 시간
흘러 흘러서 큰 바다 되었네

장미

그윽한
네 향기에
내 마음을 주었고

화사한
네 자태에
내 사랑을 주었네

붉게 익어가는
네 사랑에
난 그만 울어버렸네

봄은 씨앗

순풍이 불어오면 이른 새벽
고양이가 짝 찾는 소리에 단잠을 깨운다

벌들은 향기 따라 꽃밭으로
모여들어 화분 채취와 수분하기에 바쁘다

뱁새와 뻐꾸기도 나뭇가지
사이를 오고 가며 인사 놀이하기에 즐긴다.

개천에 백로와 청둥오리도
먹이 사냥과 사랑놀이 하느라
해 저무는 줄 모른다

봄철에 씨앗 뿌려
가을에 추수하는 게
삶의 모습인가 봅니다.

봄바람이 불어온다

봄바람 살랑살랑 불어오니

길섶 새싹들
땅 꿰뚫어 올라 기지개를 켜고

아들이나 어른마저도
함께 따라 바쁘다

기온과 날씨는
위대한 마술력을 가졌나 봅니다.

축복의 통로

사랑은 시기 질투하지 않은 것
사랑은 배려 용서 나눔
기쁨과 아픔도
함께 하는 것입니다

필연이든 운명이든
좋은 인연으로
이어가는 것입니다

좋은 감정으로
마음의 빗장을 열고
두 배의 기쁨을 누리고
채우는 곳에
축복의 통로가 된다는 것입니다

봄 소녀

파아란 하늘에
가녀린 소녀의 미소가
피어나는 계절

청록빛에 물들어
반짝이는 피부 결에
파란색 나뭇잎이
바람에 휘날리며

길가는
봄 소녀의
핑크색 치마의 끝자락이
바람결에 춤춘다

자기만의
색깔의 꽃향기가
바람결에
코끝에 쨍합니다.

제4부

사랑의 힘

형제의 우애

한 부모 밑에 이렇게 만났으니
이왕이면 사랑으로 뭉쳐
인생길 걸어갔으면 좋겠다

비가 오는 날이면
같이 우산을 쓰듯이
햇볕 쬐는 날에는 같이
그늘에 앉아 쉬어가고
사랑의 속삭임

슬픈 날에는 같이
위로하며 눈물 닦아 주고…
기쁜 날에는 두 손 맞잡고
두 배의 기쁨을 나누면서

혹여나 힘든 날엔
서로 안아 토닥이며
이렇게 그렇게 형제라는 이름하에
삶의 빛이 되어 주면 안 되겠니?

살포시 기대하며 기다려 보련다

생각을 바꿔라

태어난 성격과 취향이 다르듯
있는 모습 그대로를
바라봐 주자

우리는 태어남에
원죄로 태어나
인간의 삶 또한
선과 악으로 구분되어
인생의 정확한 해답은 없다

내일 일을
한 치도 모르는
하루살이에 불과한 것을

사랑의 힘

혼자라서 외로운 것도 아니다
때로는 둘이라서
불편한 점도 있기 마련이다

좋은 점 나쁜 점도 있지만
우리 모두의 소망은 사랑이다

아주 작은 슬픔이나
하찮은 즐거움까지도
서로를 이해하며 생활해야 하기 때문이다

사랑의 힘은 삶에 있어 제일로
큰 의미를 부여합니다

그렇게 서로의 속마음을 터놓을 때
더할 나위 없이 미묘한 친밀감이 생깁니다

인간이면
그것은 사랑의 권리이기도 하고
의무이기도 하답니다

믿음에서 희망으로

우리 모두는
날마다 똑같은 날이
주어지지 않습니다

생활 속에 지혜로운 자
미련한 자 눈에 띄게 마련입니다

주변 사람들에게 쌓는 신뢰도
중요하지만
자기 자신에게 갖는 믿음도
중요합니다

만약 자기가 생활하고 있는
꿈에 대해 중심이 흔들리면
크고 작은 일을 실패하기 마련입니다

작은 계획이라도 성취하기 위한
믿음만 갖고 싶다면
희망이라는 믿음을 더욱더 크게 세워
실천해야 하기 때문임을 알아야 합니다.

미지의 세계

인생은 어디에서 와서
어디로 가야 하는가
가끔은 새로운 곳에 정착하며
미지의 세계를
꿈을 꾸기도 한다

맑은 물. 고운 향기
깊은 산속 숲을 지나가는 곳에
정착지가 아니더냐

시작이 멋있다면
마름도 신나게 빛나야 옳음이라

노을처럼 고운 아름다움
그대 좋아하고 싶은 마음
그대만을 좋아하는 마음

사랑하는 맘으로
미지의 세계 속에
희열을 느끼고 싶다.

자연 속의 동화

산길에 내려온 햇살의
이길 저길 숲속의 오솔길
어디 할 것 없이
다 휘젓고 다니는 날이면

파릇파릇 새순 여기저기
빠꼼이 모습을 드러내고

들녘 아지랑이 아물아물
피어오르는 날이면
화사한 꽃무늬 옷을 입은
어느 여인의 봄바람 입은 같이

아름다운 나들이 모습이
봄날 꽃길에 영화 같은
풍경화로 자연과 동화되리라.

향기로운 뜨락

푸르른 하늘에
조각구름 연신 두둥실

땅에는 이름 모를
작은 꽃들이 바람결에
머무는 소리

아침에도
한낮에도
동행하는 우리
기쁨 크도다

이 모든 것은 나를 위해
우리 모두를 위해
존재하기에…

사람과 자연은
매 순간 느끼는
행복의 에너지다.

부모님의 은혜

아버지, 어머님
큰 사랑으로 우리를 키우셨다

아버지 아침부터 고된 하루 시작하여
어둑해질 때까지 하루의 일 마감

어머님 걸음마 손잡고
젖먹이 앞가슴에 안으시고
하얀 젖가슴 입가에 물리시고
오직 사랑으로

나 부모 되어 알았다

때가 되면 끼니와 새참을 이고
논으로 바쁜 종종걸음
옛 세상 걸어오신 부모님의
연신 한숨으로 지새운 세월 속의 무상함

내 가슴에 눈물겨운
수를 놓으시고 떠나셨다.

사랑의 향기

아주 좋은데 약간은
모자라 보여
아주 좋은데 왜일까?
네가 빠졌기 때문이야

아주 좋은데
너무 멋진데
한 치가 부족해
너의 사랑이 빠졌잖아

아주 좋은데
너무 이쁜데
뭔지 모르게 아쉬워
너의 향기가 빠져있잖아

추억 속의 향기

좋아도 한때요 미움도 한때요
하나의 공통점으로 뇌리에 남아있다

고운 정 미운 정은
삶의 인생을 배우는 계기가 된다

신이 아닌 이상
살아가다 보면 실수는 여기에 있다

상대방을 보완해 주기보다는
욕심과 시기. 질투에서
갈림길이 되어버린다

인간은 상대성이다
배려심과 양보에 넉넉한 자에게는
마음속에 여백이라는 것에 충분하며.
행복과 기쁨은 두 배로
느끼며 생활의 활력소에
에너지를 부여한다

미움은 짧게 행복은 길게

서로의 감정은 보이지 않게
공감을 주고받기 때문에

그 어떤 고마움과 미움도
어쩌면 먼 훗날
추억할 수는 있는
계기가 되지 않을까 싶다

여백의 아름다움

그대들이여
우리들은
그 한 사람의 마음은
알 수가 없습니다

신이 아닌 이상
실수투성이에
불가 한것을

진실에 이르기까지
그대들에게 보여줄 수
있는 것은 아주 작습니다

생각과 사고를
좀만 바꾸고
마음속에 여백과
더불어

마음의 허물을 모두
벗어버리고
아침에 햇살이

우리를 감싸듯이

어디에서라도 온 마음과
정성이 깃들어 있는 만큼
아주 먼 곳에서라도

우리의 적은 노력이
아름다운 여백으로 인하여
소중한 씨앗이 되고

아주 먼 곳에서라도
내 마음 받아준다면
소중한 사랑의 씨앗이
될 것입니다

봄비 속의 떠난 사람

봄비 내리면 내 가슴이
아려와
이게 다 너 때문이야
네가 봄비 내리는 날
떠나 버렸으니까

가슴이 뻥 뚫린 것처럼
겨울도 아닌데
내 가슴은 아프고 아련히
떠올라

이게 다 나 때문이야
내가 외면하지 않았어도

따뜻한 너의 품에서
봄비를 기다릴 텐데

나는 바보
정말 바보였나 보다.

봄의 이름

봄비 온 후에
자연의 푸르름과
지천에는 아름다운 꽃들이 만개하여
행복이라는 이름을 부른다

하늘에 쪽빛 같은
햇살은 눈부심과
찬란한 빛과 숨결이

곱다
곱구나

이름 없는 잡초 하나에도
눈길 가는 소중함

내 마음이 심쿵심쿵

하늘과
땅의 소망 속에
나는 서 있다네

너에게 가는 날

내가
너에게
사랑이 되고

내가
너에게
희망이 되고

내가
너에게
행복이 되어

꽃향기
익어가는
눈부신 봄날

꽃 한 송이
곱게 피워
너에게로 가련다

봄바람

봄바람
봄꽃 향연에

마음도
덩달아
싱숭생숭

사는 형편
사는 모양은
달라도

매사에
미소 짓는
얼굴에는

행복과
사랑이라는
문턱에
서지 않을까 싶네

봄바람이 불어온다

봄바람
살랑살랑
불어오니
길섶 새싹들
땅 꿰뚫어 올라
기지개를 펴고

아이들이나
어른이나
함께 따라 하기
바쁘다

기온과 날씨는
위대한 마술처럼
이랬다가
저랬다가

혼란 속에
봄바람이 불어온다.

그냥 좋아하세요

사람이 좋아하는
백 가지 이유 중에
가장 멋진 이유는
그냥입니다

그냥 좋고 그냥 사랑하고
그냥 좋아하고
행복하세요

좋은 것에 큰 이유가 있나요
오늘도 떠오르는 태양처럼
행복과 사랑이 솟아오르니까요

그냥
좋아하세요
이유는 묻지 마시고
사랑하는 마음으로
보듬어 주세요

중후함의 매력

아무리 아름다운 꽃도
피고 지는 게 자연의 이치고 순리다

사람도 그렇다
세월 속에 흔적을
떠나 나이가 들수록

중후한 매력을 뽐내는
사람이 예상외로 많이 있더이다

세상을 살아오면서
세상 풍파를 겪지 않았을까

아니면
편안함을 떠나
힘든 일을 겪은 사람일까

내가 볼 때는
나이가 들수록
철이 없고 천진난만한
모습이 보이는 사람들이 있다

그 한 사람의 특징이
따뜻한 성품
부드러움 포근함이
이미 내면에서
풍겨 나온다고 봅니다

그래서 나의 정의를
내려 보면
그만의 매력 포인트가
그동안 인내라는
이름이 그에게
따르지 않았을까
생각해 보며

욕심과
인색함 없이
오직 배려와 용서의
마음에서
당신과 함께 나누고
싶다는 느낌에서
풍겨 나오는
중후한 매력은
긴 여운을 남긴다

마음속의 여백

마음속에 여백
좋은 것으로 채움 하련다

꽃이 바람에 날리면 꽃길이고
마음속에 기쁨이면
사랑 노래 되어 간다

오가는 길가에
햇살도 내려앉아
속삭인다

생의 한가운데
나의 마음속에 아름다운 꿈
하나를 보듯이
이보다 더 큰 사랑과 행복은
나의 것이로다

이미 너의 내면에 품고
있으니까
마음에서 평화를 얻는다.

사랑하는 이유

좋아도 하고
사랑도 합니다

사랑은
그리움이고

당신을 사랑하는 이유이며
전부입니다

꽃을 바라보며
당신을 얼굴이 보입니다
때로는 눈물도 흘립니다

하늘에 뭉게구름 두둥실
내 사랑 느끼는 그 자체입니다

우리가 사랑하는 이유 중에
난 그대를 사랑합니다

제5부

생각하는 나무

낙숫물

처마 끝
낙숫물 떨어지는
소리

초라할 때는
서글퍼 눈물 같고

기쁠 때 기다림이면
임 부르는 소리 같아
처마 끝을 본다

목매는 눈시울
두 뺨에 주르륵
슬프고 슬프도다

연산홍

와우!
장관이다
너의 이름은
연산홍 삼색의
색깔로 나누어져

분홍 주홍색 흰색으로
앙증맞고 귀여움을 토해내어
나 그냥 못 지나가지

눈으로 보고 어루만지고
한참을 보고 느낀다

봄의 향연 속에
유난히 햇볕에 빛을 발하며
서로의 눈웃음과 사랑으로 바라본다

매 순간이 잠시
잠깐도 영원처럼 느껴져
마음속에 넣어 다니는
행복의 에너지다

나는 홀로 서 있는
외로운 여자

삼색을 가져 있는
서로를 위함으로
나의 첫사랑을
잊지 않으리라

물안개

수평선 바다 넘어
그린 임
아른거린 봄

희미한
물안개 사랑은
흐느적거리고

꽃잎은
한 잎 두 잎 지는데

밤을 지샌 마음
여명이 창에 이르네

기다림의 밤

나 그대 기다리는
이유를 모르겠습니다

그대 오지 않은 밤에
나의 창가에 불빛은 반짝입니다

혹여나 그대 왔다가
그냥 지나칠까 봐

아니 올 줄 알면서
새어 나온 불빛은 밝고
그대 오시려나
아니 오시려나

궁금증만 가득히
아니 올 줄 알면서
빗장을 열어 놓습니다

기다리는 밤 묵묵히
흔들리는 창밖에
귀담아 잔뜩 기대합니다.

삶 속의 행복

화려하지 않아도
정결하게 사는 삶

가진 것이 적어도
감사하며 배우는 삶

내게 주어진 작은 힘일지라도
나눠주며 사는 삶

눈물 날 일
억울한 일 많지만
인내하는 삶

이것이 나의 삶의
목표입니다

생각하는 나무

추운 겨울 눈 덮인 깊은 숲속
땅속에서도 생명은 꼼지락거리네

바위는 비스듬히 누워
얼었던 강물도 쉬었다가 가네
큰아기 치맛자락 슬슬 올라가는 봄 한나절

연두색 새싹 간질간질
새로 돋는 잔디 뿌리랑 소곤거리면
나무는 조용히 생각합니다

무거워도 힘들어도 춥고 더워도
잎을 내고 꽃을 피우고
말씀을 따라 쉬지 않으리라

하늘은 한 발자국도
오갈 수 없는 나무에게
지혜를 주시네 용기를 주시네

나무는 새들과 더불어
멀고 가깝고 밉고 예쁘고
온갖 바람을 견디며

엄마처럼 꿈을 안고
낙원을 향해 간다

마음속의 꽃

행복은 마음속에
꽃을 가꾸어야 피어나고

꽃 중의 꽃도
마음에 담는 꽃이
사랑스럽고 아름답다

선물이라도
감사로 담아야
마음속에 자리하고

어디 있어도
마음에 있는 너는
고마운 행복이어라

사랑의 별

세상의 모든 슬픔이
흙이 되고

외로움이
묻힌 곳에서
벗어나

별이 되었을지도
모를 당신

너 하나
나 하나
별이 되어

오늘 밤에도
환한 미소로
소망의 기도는
나 하나의 사랑이라

나 하나의 사랑

이 세상에 온 모든 사람
혼자 왔다가 홀로 별이 된다

하늘에 부르심으로
예정되어 있었다고

모든 슬픔이 흙이 되지만
외로움이 묻힌 곳을 벗어나
그 이상 되어

영원함을
믿음으로

너와 나의
별이 되어

오늘 밤
환한 미소로 만나

바라는 우리 사랑
소망 앞에
나 하나의 사랑이 되리라

어울림의 손길

먼저 손길을 내미세요
따뜻한 말 한마디를 듣는 사람은
기분은 상큼발랄해서 좋고
서로 간의 어울릴 수 있는 공간이 열립니다

동행하는 것은
우리 삶에 기본적인 예의입니다
이 좋은 세상에
얼굴 붉히며 사는 일은
알고 보면 도토리 키재기입니다

팍팍하고 힘든 삶을 살수록
서로가 양보하고 다가서며
손 내밀어 주는 일
따뜻하게 느껴집니다.

더 아름다운 삶이
좋은 세상을
함께 만들어가는 것입니다.

계절이 없어진다

지구온난화로
사계 중 봄과 가을이
없어진 듯하다

길 가는 사람들의
옷 모습이 겨울옷이
바로 여름옷으로 바뀐다

지구온난화로 얼음이 녹아
북극곰이 설 자리를 잃어버리고

봄이라는 계절은 알고 보니
너무나 짧아 2주밖에 안 된다

아름다운 강산을
사람들이 오염시켜 훼손시키고
인과응보로 변해 버렸다
얼마나 슬픈 일인가

때를 맞혀 비 내리면
산천초목은 푸르르고
꽃이 피어 나무들

자연이 주는 행복감은
비교할 수 없이
아름답지 않은가

낮이 되면
태양과 밤이면
별과 달을 노래하는 것을
즐기며 살아가는 곳에
행복이 더하지 않을까 생각해 본다.

봄비

봄비 사이로 끌려가는
꽃잎들이 목이 메어
빙빙 돈다

꽃봉오리 필 때
오신다는 그 임
소식은 없고

뚝뚝 떨어지는
그리움은 바람에 얻어맞고

붉은 입술을 내밀며
화려한 옷으로 유혹하는
장미 곁에서 잠이 든다

연리지 사랑

서로의 삶
주거 달라
한우리 일심동체

생각은
이심전심
내 마음 님의 마음

뿌리는
다르다 해도
공생하는 공동체

엇갈린
슬픈 운명
죽어도 같이 죽고

살아도 같이 사는
우리는 공동운명

서로가 똘똘 뭉쳐서
함께 살아 보세나

사랑의 기쁨

아름다운 사랑과 꽃을 만나면
사랑의 기쁨이 됩니다

만남이 있으며 헤어짐이
예정된 것처럼 느낍니다

사랑도 꽃도
한순간의 나락으로
떨어져 슬픔을 안겨주기도 합니다

잠시 머물다가 떠나는 행인처럼
사랑의 열정도 한순간이지만
슬픔은 영원할 것 같습니다

푸르른 오솔길
잔잔한 평화의 물길은 흐르나
내 사랑의 기쁨은
이곳에서 막을 내리나 봅니다

하지만 다시 기다립니다
진정한 나의 사랑을

봄꽃의 동산

기다리는 봄꽃의 동산
눈가가 촉촉이 눈만 뜨면
봄에 피는 연분홍빛 보고파요

해 맑은 어린아이처럼 샛노란 빛
새 생명 새싹으로 돋아나 연둣빛
티끌 없는 하이얀 천사의 빛
피오르기를 한마음으로 기다린다

어제가 갔으니
안도의 푸념 섞인 말로 한숨 쉬면서
맞바람 휘날리는 곳곳에
잔가지 땅에 굴러다닌다
한산했던 거리는
흐린 날로 연연해 있구나

봄바람 실오라기 때면
쨍하고 해 뜰 날
봄꽃 동산 밝혀지겠지?

짝 잃은 비둘기

도로 위에 짝 잃은 비둘기
혼자 방황하는 비둘기 너는
무슨 사연이 있길래
도로 위를 혼자 헤매는가

금실 좋기로 유명한 너희들
짝과 함께 한 사랑스러운 모습들
어디로 다 가고
혼자 조바심에 떨고 있는
그 눈길이 안쓰럽다
행여나 짝 잃어 혼자
헤매는 건 아니겠지?

사람이나 새들 누구나
겁 없이 행동하다가
사고를 당하는 것을 많이 봤다

비둘기는 잡식동물이라
도로에 헤맬 네가 아닌데
다시 일어나 비상하여
새로운 보금자리에 안착하기를 바란다

산속의 운무

밤이슬이
해 저문 골짜기를
휘감으니 운무가 아직도
축축하여 생동감을
느끼게 하는 소나무들

약삭빠른 청솔모
다람쥐 새 쥐
나무를 오르내리고

허기를 달래며
분주하게 움직이며
깊어가는 봄의 산에는 알게 모르게

살아있는 생명의
소리는 나지막하게 들려온다

사월의 어느 날

그대여 화사한 봄날
벤치에 앉아
4월의 꽃 앙증맞은
꽃과 활짝 핀 라일락꽃 향기로
가득합니다

땅에는 푸르름과
생명력이 강한 잡초는
더 앞서려 의지력이
강하게 발버둥칩니다

그대여!
예전에 미처 몰랐던
추억으로 가득 차
미성숙이 온전한 사랑으로
보이기 시작합니다

그대여!
아름다운 꽃도
때때로 시들어 떨어지고
거울 속에 비친
우리의 모습도 변해 버린다는

사실을 부정할 수 없습니다

그대여!
그대의 이름 뒤에
나라는 모습이
담겨
존재 그 이상 되어
새롭게 느껴지는군요

그래요
우리 이다음에
새로운 꽃이 피면
그때 다시 만나기로 해요

잘 있어요
사월에 아름답던
어느 봄날
이 자리에 앉아
다시 한번 떠 오르는
내 사랑이 되어 주세요

인생 공부

우리가 살아가면서
지혜로운 자
미련한 자
두 가지로 분류합니다

살아가는데
옳고 그른 것이 무엇인지
몰라 방황할 때가
다가오기 마련입니다

좋은 것에 만족은
어느 누구나 할 수 있는 사람이지만

어려운 문제가 다가오면
마음의 중심을 잃어 한바다에
떠 있는 망망대로의
길에 떠 있는 듯합니다

그래서
우리는 신이 아닌 이상
아둔한 자에 불가하지요

어떤 상황에 처해 있든
옳고 그른 것에
날마다 생활 속에 존재하고 있습니다

혼란뿐인 현실이지만
우리는 삶 속에서
옳은 것을 가려낼 줄 알아야 하며

현명하고 지혜롭게
바라볼 수 있는
우리는 끊임없이
자기 계발로
아직도 인생 공부는
진행 중이다

종달이의 연가

그리움이 진초록으로 피어나는
계절엔 고요히 미소만 남겨 주세요

터질 것만 같은
심안으로 살아 숨 쉬는
계절의 유혹만으로 버티기 힘든 흥분이죠

지금은 단지 시련을 벗어나
차분히 계절을 음미하고
찬양하고 싶을 뿐입니다

귀 기울여 봐요
종달이의 연가를 감상하면서
천천히 그리움 남겨 주세요

이 계절이
다 하기 전에

제6부

삶 속의 일부

삶 속의 일부

만남의 기쁨이
있으면
헤어짐의 아픔도 따른다

즐거움과 행복이 지속해도
피치 못할 사정에 의해
헤어짐도 있다

삶에 지구도 한 곳이
아닌 돌고 도는
인생이다

우리네 인생에
영원이란 있을까 없을까
의문이지만

헤어짐에 잠시 떠나
또다시 만나는 게
우리의 삶의 일부이다

수채화를 그리다

강변 물안개는
모락모락 피어
산과 물이 만나
수채화를 그린다

노랑 새싹들
여기저기 하품하듯
고개 들고 일어나요

나뭇가지 마다
새순들 제각기
눈을 부릅뜨고
태양을 바라보는 듯

하늘을 나르는 새들
안개속으로 향해
임 찾아 떠나려나
봅니다.

삶 속의 에너지

달과 태양도 피로하면
구름을 방패 삼아 쉬어
가는 듯 보이며

인생도 힘들면
좌우로 뒤돌아보며 쉬어간다

바람은 바위나 벽에
방향이 바뀌듯

우리네 인생살이도 삶이 불편할 때
서로의 상의나 조언을 받고

삶은 언제나 정의롭고
슬기롭게 쉬엄쉬엄 쉬어가는 게
우리의 삶 정도이다

휴식은 쉼이 아니라
다음 단계를 위한
에너지의 비축이다.

모래시계

내일 일은 난 몰라요
우리는 오늘이 있듯이
내일도 있는 줄 알지만
사람의 인생 한 치 앞을 모릅니다

어쩌면 하루살이에 불가한
존재 그 이상입니다

삶은 저마다 한계가 있기에
우리 시간은 무한정 계속되는 삶 아닌
모래시계와 같다

일반적으로 흘러가는
시간으로 생각할 게 아니라
특별한 목적의식으로 생각해야 한다

휴대가 불편해 생활에
환영받지 못해도
모래시계는 삶의 생각을
많이 하게 한다

생각의 변화

생각은 샘에서 물 솟듯
쉼 없이 계속 변하고

계곡에 물이 흘러가듯
착상도 끊임없이 변해 갑니다

마음은 바람 불어오듯
방향이 정해진 것도 아닙니다

때에 따라 산들바람이
태풍으로 변화기도 합니다

생각은 상대 여부와
혼자일 때에 따라 달라지고

물은 수평을 이룰 때까지
생각은 취침 전까지
변하기도 한답니다

사랑의 힘

사랑의 힘은
위대합니다

이 세상
어느 것도 비유할 수
없는 사랑이라는 단어 속에

우리는 살아가고
행복해 나 혼자만이
함박웃음을 짓는가 하면
어느 날
갑자기 외로움과
고독 속으로 헤매기도 합니다

우리 사랑
분명히 알고
시작한다는 것을
말하고 싶습니다

눈은 마음의 창

눈은 마음의 창입니다
만남에서 눈과 입과의 미소를 보며
말하지 않아도 느낄 수 있어요

우리의 생활에서
늘 따라다니는 것이
두 가지입니다

빛은 기쁨이요
어둠은 괴로움이며
마음이 괴로우면 어둠이요
아픔입니다

그러나
마음속의 평안은
환희의 기쁨을 안겨주고
흑과 백 공간관계이며
오롯이 자신의 몫이므로
만들어가는 것입니다

독백

6월의 어느 날
아늑하고 조용한 시골 카페

뒤에는 산이 우거져
푸르름을 이루고
앞에는 넓은 바다가
보이는 곳 아늑한
작은 카페에서
소담한 일상의 한 줌
나만이 누리는 채움을 한다

사랑은 둘이지만
나 혼자 만으로도
어느 누구를 생각함에서
혼자서 독백하는 소박함
과거에서 현재까지
언제나 슬픈 고독에
한 생애가 손을 뻗는다

다 내려놓고
경험에서 얻은 지혜

행복과 사랑은
이랬어
그래
그래 그땐 그랬어

영혼을 울리는 음악

하늘에 태양이 넘치게
온 누리를 뜨겁게 달구고
한 뼘 한 뼘 숲속으로 로이와 걸어간다

휴대폰 속에 저장한 음악은
나의 삶에 한 몫을 합니다

귀에 들려오는 새들의 청아한
맑은 음악이 되어 지저귀고

조금씩 발길을 뗄 때마다
베토벤의 '엘리제를 위하여'를 들어가며
한 굽이의 산길을 걷는다

바흐의 자연의 소리를 연상해 가며
잔잔한 힐링을 하고
자연과 함께 동화되는 삶이 자연스럽다

영혼의 울림으로 행복한 순간이다

동행

당신과
언제나
길을 걷고 있습니다

햇살 아래
그림자

"분명 하나인데"

당신은 나 하나의
사랑인가?

영원한 동행이
아닐까요

후회 (6)

인간의 삶에
후회 없는 자
어디 있으리오

지나고 나면
후회투성인 삶을

성인과 현자도
지나고 나면 잘못을
인식하기 마련

고로
그게 우리들 삶이 아닐까

수국화

수국화 보라색
아름다움으로
보는 눈 더위 식혀주고

달아오른
태양의 끝
구름 속에 숨어

순간순간
폭음은 면하는구나

휴대폰(6)

넌 나에게 벙어리였어

외로움에 떨었던
손끝의 춤이 벙어리가 된
전화기와 매스컴 눈동자 달고

남녀노소 불문하고
기상하자마자
고정된 미소 여는 메세지 온다

좋은 정보 사람과 소통 두고
손끝으로 자판을 이리저리 톡톡친다

카톡으로 날라 오는
메세지에 마음은 통한다

외로움을 즐기는
손끝의 춤 템포는
날렵하게 움직인다

잠시도 안 보이며

중독된 나를 어리둥절
불안한 증세 보여

이곳저곳 벙어리 찾기에 바빠
때로는 화를 부른다.

벙어리는 벙어리로
통한다지만

노을 질 무렵(6)

노을 질 무렵이면
괜시리
떠오르는 사람
생각나곤 한다

마냥 한곳에
넋 놓고.
붉게 지는
노을 바라보노라면

너와 나의
사랑이 그리워 진다

땅거미 내려
앉은 숲속에
내 마음을 아는지 모르는지

풀 벌레 소리가
요란스럽게 들려온다

산다는 것과 살아 간다는 것이

무슨 연유일까
사랑도 미움도...

흐르는 세월 속에
야속함이 편승하여
너도 울고 나도 운다

우리는 서로
그리워하는
소쩍새인가 보다

사랑

사랑
넌 요물이야

좀 흔들린다고
떠날 수 있으랴

아름다운 사랑도
슬픈 사랑도 잠시뿐

비에 젖어
눈물에 젖어 운다

비 내린 뒤
땅이 더 굳듯이

잊으려고 잊으려 해도
잊지 못하는 사랑

우리네 삶은 좋은 줄 알며
아이러니한 사랑이다

사랑에 울고
웃는 우리의 인생

오는 사람 내치지 말고
가는 사람 미련 없이
보내야 하지만…
사랑은 혼자 하는 게 아니기에…

마음에 따라
원위치로 돌아올 수도 있고
아니하기도 한다

생활의 중요성

좋을 때가 내가 왜
좋은지 모르다가
나쁠때 나빠진
그 이유를 압니다

사랑할 때 사랑한 이유를
모르다가 이별할 때는
이별의 이유를 알고

부유할 때 부의 중요성을
모르다가 후에 돈의 개념을
알게 되면
부의 중요성을 알게 됩니다

누구나 환경이 나빠질 때
위하여 준비하는 자가
훗날 승리자가 되지 않을까 싶습니다

추억 속의 회상

추억이여!
다시 와라
그대를 만나 즐거웠네

지난날 추억이
살아나 더 기쁘다오

그대를 만나
내 삶에 행복을 느끼네

이러한 것도 저러한 것도
소담소담 나누는 옛이야기
내 삶 속에 있네

지난 세월 속에
시간만이 흐르고 흘러서
그대를 만나
옛이야기를 하며
추억을 회상하는 곳에
끝없이 흘러간다네

능소화 연정

그리움과 사랑에 목말라 애태우며
곱게 차려 입은 주황색 치마

언제나 담장을 바라보며
그리움에 시름하네

이제나저제나 타들어 가는 마음을
감출 수가 없어요

달덩이가 비추는
담장 넘어 곱게 핀 꽃을 봅니다

눈물로 하소연하고
육신의 고통을 참으며

그리움의 하나로
목숨을 연명합니다

당신을 향한 열정
사모의 꽃을 피우며
지금도 기다리고 있습니다.

말과 행동

그가 나를 사랑하고
내가 사랑한다고 해서
우리 가는 삶의 길이
같은 것은 아니다

살아온 환경이 다르고
성격과 취향이 다르므로
말과 행동은 분명히
다를 수밖에 없다
그는 그대로 나는 나대로
서로 각자의 길을 가는 것이다

이렇듯 다른 길을 함께
가고 있어도 착각은 자유지만
오히려 자신에게
고심은 따르기 마련이다

그러나 그저 따르기로 한다
운명이 정해주는 것들
그 가슴 저리고 눈물겹고
황당한 일들로 부딪치게 됩니다.

안갯속으로

안갯속에
나는 유유히
한 뼘 두 뼘 떼며 걸어가네

누군가의 생각으로
하염없이 앞을 중시하며
살펴보지만

꿈일까 현실일까
나의 마음은 요동친다

우물쭈물 눈치만 보고
뒤돌아서며
나뭇가지 사이에
자태가 많이 익은 모습과
걸음걸이가 비슷하건만
나만의 착각이고 자유다

□ 서평

진정한 사랑의 의미 찾기

- 강자앤 시집 『사랑이여 눈물이여』

최 봉 희(시조시인, 평론가, 글벗 편집주간)

"모든 아름다움에는 사랑이 있다." 플라톤의 말이다.

사랑은 단순한 즐거움의 감정이 아니다. 상대방의 삶으로 들어가 필요를 채움으로 그의 삶을 더 행복하고 풍요롭게 하는 결심이자 행동이다.

헬렌 켈러의 스승인 앤 설리번은 사랑에 대해서 이렇게 말한다.

"다른 사람의 필요를 자신의 필요만큼 소중히 여기기 시작할 때, 비로소 사랑은 시작된다."

사랑은 나의 필요만 보이는 것이 아니고 상대방의 필요가 보이는 '사랑의 안경'이 필요하다. 사랑하면 아침마다 떠오르는 해가 유난히 반짝인다. 늘 보던 사물도 달라 보이는 법이다. 날마다 곁에 있는 사람이 늘 새롭게 보이는 것이다. 이것이 바로 사랑의 안경이다. 그 때문에 사랑하면 나이와 세월을 잊어버린다. 이것이 바로 사랑의 기쁨이다.

남의 말을 듣기에 귀가 순해지는 이순의 나이에 사랑을

노래하는 시인이 있다. 바로 경남 거제시에서 활동하는 글
벗문학회 회원 강자앤 시인이다.

　강자앤 시인은 대한문학세계에서 시 부문 신인문학상을
수상하면서 등단했다. 글벗문학회 회원, (사)창작문학예술
인협의회 회원, 대한문인협회 경남지부 정회원으로 활동하
고 있다. 대한문인협회 금주의 시 「5월의 향기」가 선정되
기도 했고, 계간 글벗 초대작가로 「청산은 나 홀로」를 발
표하기도 했다. 그의 시에는 항상 '사랑'이라는 시어가 등
장한다. 그래서 사랑의 시를 열정적으로 쓰는 시인이라고
불린다.

　그렇다면 강자앤 시인의 시에 나타난 사랑의 시적 의미는
무엇일까?

　　　사시사철 푸름을 자랑하고
　　　춥고 더울 때 참아가는
　　　인고의 깊이를
　　　그 어느 누가 따르랴

　　　굽이굽이 지탱해 온
　　　삶의 고통과 눈물 자국
　　　아무 말 없는 푸름의 이름이여!

　　　석양이 소나무 사이로
　　　비치는 태양을 바라보노라면
　　　나만의 사랑에

애잔함이 몰려온다

한민족은 조상 대대로
적송을 사랑한다는 사실
너는 아는지 모르는지…

노송에 수많은 백화
한 폭 자연 감상에
내 마음이 뭉클하다
 - 시 「소나무」 전문

 첫째로 강자앤 시인의 시에 나타난 사랑의 시적 의미는
바로 소나무가 간직하고 있는 '푸른빛 사랑'이다. 바로 인
고(忍苦)의 사랑으로 눈물과 아픔을 꿋꿋하고 이겨낸 늘
푸른 사랑이다.
 시인은 추위와 더위를 이기고 사시사철 늘 푸름을 간직한
소나무를 보면서 인고의 깊이를 헤아리면서 인생에서 삶의
고통과 눈물 자국을 유추하여 담는다. 그 강인한 초록의
모습에서 사랑을 느끼면서 가슴 뭉클함을 표현한다.
 아름다운 사랑이란 바로 이런 삶이 아닐까? 힘겹고 무더
운 더위와 태풍을 이겨내고 매서운 추위도 참아내면서 이
겨낸 노송의 아름다운 모습을 바라보면서 날마다 새롭게
긍정적인 자세로 열심히 살아가는 삶의 모습이다. 이 모든
일은 바로 사랑이 있어야 가능하다. 그 사랑은 삶에 대한
사랑, 나에 대한 사랑, 그리고 이웃에 대한 사랑이다. 이

사랑은 세상의 모든 싹을 틔우는 힘이 된다. 바로 변하지
않는 푸른빛 사랑이다.

혼자라서 외로운 것도 아니다
때로는 둘이라서
불편한 점도 있기 마련이다

좋은 점 나쁜 점도 있지만
우리 모두의 소망은 사랑이다

아주 작은 슬픔이나
하찮은 즐거움까지도
서로를 이해하며 생활해야 하기 때문이다

사랑의 힘은 삶에 있어 제일로
큰 의미를 부여합니다

그렇게 서로의 속마음을 터놓을 때
더할 나위 없이 미묘한 친밀감이 생깁니다

인간이면
그것은 사랑의 권리이기도 하고
의무이기도 하답니다
- 시 「사랑의 힘」 전문

사랑에는 이해가 따르는 법이다. 진솔하게 자신을 고백하
는 나눔이 있어야 한다. 왜냐하면 우리가 서로 사랑하면

어떤 고통이 밀려와도 이겨 낼 수 있고 어떤 슬픔이 찾아와도 극복할 수 있기 때문이다. 거기에다 사랑에는 크나큰 기쁨이 있다. 평화가 있다. 그래서 사랑은 우리가 바라는 모든 것을 탄생시키는 모태가 된다. 내 가슴이 사랑으로 아름답다면 그 순간은 하나님이 내 가슴에 머물고 있기 때문이다. 바로 우리의 사랑에는 절대자인 하나님이 머물기 때문이다.

하나님은
이처럼 나를 사랑하사
나의 소망을 품고 들어주셨다

나의 삶 속에 언제나 동행하면
내 사랑으로 찾아오리라

우리와 자연이 함께 호흡하면
서로를 통하여 사랑을 나누듯이

산에 오르면 나무가 바위를 만나고
강가에 가면 물 따라 흐르는 마음

바닷가에 앉아서 먼 수평선을 바라본다

하늘이 주신 한 없는 은혜가 너무 많아
어디에선가 네게 주시리니
나는 아무 할 말이 없다네.

하늘의 뜻과 나의 소망 품는 마음으로
동행의 기쁨을 느끼련다
– 시 「침묵」 전문

"한 번의 기도보다 단 한 번의 행동으로 단 한 사람의 마음에 기쁨을 주는 것이 낫다."
 마하트마 간디의 말이다. 오직 사랑하는 사람을 위해서 내 마음과 정성과 숨결을 모두 내어놓아야 한다. 시를 쓸 때도 그렇다. 사랑하는 사람, 그의 밝아지는 얼굴, 발전하는 모습을 상상해 보라. 사랑하는 사람을 떠올리며 일하다 보면 어느새 그 일이 다른 사람들에게도 연결되고 있음을 깨닫게 된다. 나는 이를 행동으로 실천해야 하기에 '사랑은 동사다'라고 말하고 싶다. 단 한 사람을 진정으로 대하는 것이 온 인류에 대한 사랑의 시작이기 때문이다.

세상의 모든 슬픔이
흙이 되고

외로움이
묻힌 곳에서
벗어나

별이 되었을지도
모를 당신

너 하나
나 하나
별이 되어

오늘 밤에도
환한 미소로
소망의 기도는
나 하나의 사랑이라
– 시 「사랑의 별」 전문

이 시에서 핵심적인 말은 '하나의 사랑'이다. 너도 하나
요, 나도 하나다. 그래서 사랑도 하나라는 것이다.
가슴에 쓰인 것은 절대 잊히지 않는다. 가슴에 남은 이야
기만이 내 사람의 참된 것들이다. 그것을 끝까지 가슴에
품고 사는 것이 진정 사랑이다. 그래서 시인은 눈물의 아
픔도 흙이 된다고 하지 않았던가? 가슴에 남은 이야기는
죽어서도 별이 되는 것이다.

뭔가 좋은 일이 있을 것 같은
예감 때문인지 몰라도
세월의 흐름 속에 생활환경
문화생활이 다 바뀌어도
변화지 않는 것이 있다

(중략)

어린 날의 추억 중
뇌리에 변화지 아니하고
그날은 나의 축제인 양
내가 만난 가장 행복한 길이었고
따뜻함이 묻어 있는 곳

(중략)

그때 받은 하나님의 선물이
뒤늦게 하나님을 부름을 받고
자녀로 선택받은 하나의 이유였다

희망은 절망의 눈물방울에서
소생하는 빛과 같은 존재였음을
이제야 알아간다

또한 사랑은 고통의 상처에서
피어나는 인내의 꽃
가난한 이웃에도 흰 눈 되어
내리는 신의 축복이여
– 시 「예배당」 중에서

  둘째로 강자앤 시인의 시에 나타난 사랑의 속성은 '함께
하는 사랑'이다. 절대자가 함께 있고 나의 이웃이 함께 해
야 한다. 당연히 자연도 함께 하는 사랑이다. 세상이 변하
고 인생의 죽음을 맞이하더라도 절대자의 사랑은 변하지
않는다. 사랑은 하늘에서 내려온 선물이기 때문이다. 좋은

생각, 기회, 타인과의 만남은 신이 우리에게 주는 하나의 선물이다. 하늘이 준 선물이기에 삶은 더욱더 깊어지고 사랑은 더욱 분명해진다. 그래서 사랑은 귀한 선물이기에 감사한 일이다. 그래서 서로 함께 노력해야 하는 일이다.

내 마음이 나뭇잎인가
오늘따라 바람 불어
내 마음이 흔들립니다

내 마음이 바람개비인가
바람 불어 바람개비
돌 때면 같이 따라 돌고 싶어요

내 마음은 물결인가 봐요
바람 불 때면 연못에
물결이듯 일렁입니다

내 마음이 비인가 봅니다
비 오는 날이면 비처럼 측은해
눈물이 흘러내립니다
– 시 「내 마음 따라」 전문

내 마음은 다양한 모습으로 존재한다. 다시 말해 사랑에는 함께 하는 여러 가지 존재들이 있다. 가족이 있고 이웃이 있고 자연이 있다. 그 사랑은 나 혼자만은 이룰 수 없다. 함께하는 사랑이어야 한다.

아주 좋은데 약간은
모자라 보여
아주 좋은데 왜일까?
네가 빠졌기 때문이야

아주 좋은데
너무 멋진데
한 치가 부족해
너의 사랑이 빠졌잖아

아주 좋은데
너무 이쁜데
뭔지 모르게 아쉬워
너의 향기가 빠져있잖아
– 시 「사랑의 향기」 전문

사랑에는 반드시 내가 사랑하는 그 대상이 있어야 한다.
그 대상은 사랑하는 사람일 수도 있고, 부모, 그리고 가족,
친구, 그리고 자연도 그 대상이 될 수 있다.

한 부모 밑에 이렇게 만났으니
이왕이면 사랑으로 뭉쳐
인생길 걸어갔으면 좋겠다

비가 오는 날이면
같이 우산을 쓰듯이
햇볕 쬐는 날에는 같이

그늘에 앉아 쉬어가고
사랑의 속삭임

슬픈 날에는 같이
위로하며 눈물 닦아 주고…
기쁜 날에는 두 손 맞잡고
두 배의 기쁨을 나누면서

혹여나 힘든 날엔
서로 안아 토닥이며
이렇게 그렇게 형제라는 이름하에
삶의 빛이 되어 주면 안 되겠니?

살포시 기대하며 기다려 보련다
- 시 「형제 우애」 전문

 내가 행복하기 위해서는 무엇보다도 남이 행복해야 한다.
남과 상관없는 나만의 행복이란 존재하지 않기 때문이다.
행복은 소유가 아니라 관계에서 찾아온다. 사랑도 마찬가
지다. 이웃과 상대방을 행복하게 해야 한다. 형제간에도 그
렇다. 아픔을 위로하고 격려하면서 다른 사람을 행복하게
하면 행복의 향기가 다시 내게로 돌아온다. 그래서 결국
시인은 글 향기 젖게 된다. 그래서 사랑은 함께 하는 사랑
이어야 한다.
 셋째, 강자앤 시인이 시에 나타난 사랑의 속성은 '기다림
의 삶'이다.

화려하지 않아도
정결하게 사는 삶

가진 것이 적어도
감사하며 배우는 삶

내게 주어진 작은 힘일지라도
나눠주며 사는 삶

눈물 날 일
억울한 일 많지만
인내하는 삶

이것이 나의 삶의
목표입니다
– 시 「삶 속의 행복」 전문

사랑은 감사의 마음과 배우는 삶, 나누는 삶의 자세가 필
요하다. 특별히 눈물이 나도 억울한 일이 있어도 기다리며
인내해주는 삶이 시인이 추구하는 목표다. 그래야 행복을
만날 수 있기 때문이다.

순풍은 배가 가고자 하는 방향으로 불어 항해를 돕는 바
람이다. 하지만 배가 가야 할 방향이 반드시 정해져야 한
다. 아무리 좋은 바람이 불어도 목표가 없다면 아무 의미
가 없기 때문이다. 우리는 순풍을 기다린다. 하지만 그 전

에 먼저 인생의 목표와 비전이 정해져야 한다. 내가 가야 할 곳이 어디인지, 그것의 가치가 진정 무엇인지, 그 방향이 정해져야 한다. 목표가 분명하면 폭풍이 불어와도 유능한 선장은 그 폭풍마저도 목적지에 더 빨리 이르게 하는 순풍으로 이용할 수 있기 때문이다. 물론 그 목표, 그 목적지는 바로 '행복'이 아닐까 한다.

아름다운 사랑과 꽃을 만나면
사랑의 기쁨이 됩니다

만남이 있으며 헤어짐이
예정된 것처럼 느낍니다

사랑도 꽃도
한순간의 나락으로
떨어져 슬픔을 안겨주기도 합니다

잠시 머물다가 떠나는 행인처럼
사랑의 열정도 한순간이지만
슬픔은 영원할 것 같습니다

푸르른 오솔길
잔잔한 평화의 물길은 흐르나
내 사랑의 기쁨은
이곳에서 막을 내리나 봅니다

하지만 다시 기다립니다

진정한 나의 사랑을
- 시 「사랑의 기쁨」 전문

　사랑은 만남도 있고 헤어짐도 있는 법이다. 그러나 어느
순간이라도 절망하면 안 된다. 사랑은 기다림이기 때문이
다. 그 기다림은 그리움을 동반한다. 어떤 행복에 대한 소
망이 있기에 기다리는 것이다. 그것이 바로 사랑의 씨앗으
로 우리의 가슴에 심는 것이다.

그대 마음 말하지 않아도
알 것 같아
밤하늘에 별을 보며
당신을 그리워합니다

그대라는 이름하에
내 작은 가슴에
포근함 정겨움이 가득 차
내 삶이 넉넉합니다

사랑은 사랑을 낳고
마음은 미움을 낳는다지만
이미 마음의 허물을
모두 벗어 버리고
어디에서라도 다하여
그대를 사랑합니다

나만의 생각이 아닌
같은 마음이라면

아주 멀리서라도
서로를 향한 어떤 존재가 되어
그리움과 기다림에
소중한 씨앗이 될 것입니다
　- 시 「사랑의 존재」 전문

　사랑은 아픔도 있고 눈물도 있다. 그러나 소망이 있기에
기다림으로 그 아픔과 슬픔을 이겨내는 것이다. 시적화자
는 낙숫물 소리에 임이 부르는 소리 같아서 주위를 살핀
다. 그처럼 기다림은 힘들고 슬프다. 그러나 그리움으로 임
의 소식을 기다린다.

처마 끝
낙숫물 떨어지는
소리

초라할 때는
서글퍼 눈물 같고

기쁠 때 기다림이면
임 부르는 소리 같아
처마 끝을 본다

목매는 눈시울
두 뺨에 주르륵
슬프고 슬프도다
　- 시 「낙숫물」 전문

사랑을 하는 사람은 언제나 감각이 예민하고 민감하다. 낙숫물이 떨어지는 소리에 임이 오는가 바라본다. 나뭇잎 떨어지는 것도, 작은 새가 우는 소리에도 그냥 지나치지 않는다. 더욱이 시인은 더욱 그렇다. 모두 사랑의 시고 멜로디고 몸짓이기 때문이다.

나 그대 기다리는
이유를 모르겠습니다

그대 오지 않은 밤에
나의 창가에 불빛은 반짝입니다

혹여나 그대 왔다가
그냥 지나칠까 봐

아니 올 줄 알면서
새어 나온 불빛은 밝고
그대 오시려나
아니 오시려나

궁금증만 가득히
아니 올 줄 알면서
빗장을 열어 놓습니다

기다리는 밤 묵묵히
흔들리는 창밖에

귀담아 잔뜩 기대합니다
- 시 「기다림의 밤」 전문

 우리가 연인을 사랑할 때처럼 삶을 사랑하며 살아간다면 하루하루가 기쁠 것이다. 빗장을 열어 놓고 임을 기다린다. 사람들의 작은 목소리도 또렷이 들리기에 귀담아서 듣는다. 시인에게는 꽃 한 송이 피는 것도 행복하게 보인다. 임을 기다리는 설렘도 역시 새롭고 행복할 것이다.
 강자앤 시인의 네 번째 시집 『사랑이여 눈물이여』에는 '사랑'이라는 시어가 무료 107번이나 등장한다. 분명 강자앤 시인이 사랑을 노래하는 시인임을 증명하는 일이다.
 미국의 정치가이자, 흑인 민권향상의 투사인 허버트 H. 험프리(Hubert Horatio Humphrey)는 이렇게 시에 대하여 이렇게 말한다.
 "옛날에 좋았다고들 말하지만, 오늘이 더 좋습니다. 우리들의 가장 위대한 노래는 아직 불리지 않았습니다."
 그렇다. 가장 멋진 노래는 아직 불리지 않았다. 강자앤 시인은 글벗문학회 회원으로서 계속 성장하고 있다. 더욱 발전하리라 믿는다. 어제가 좋았고 행복한 것은 그때 누린 추억과 즐거움 때문이리라. 하지만 그때는 위대하지 않았다. 앞으로 강자앤 시인은 앞으로 더 성장하고 성숙할 것이기 때문이다. 감히 평론가로서 권면한다면 우리나라의 고유의 시가인 '시조'에 관심을 가지고 더욱 노력하면 어떨까? 왜냐하면 본인이 살아가는 인생은 물론이고, 꿈꾸는 사랑도 더 좋아지고 더 성장하고 성숙할 수 있는 계기가 있기 때문이다.

시인은 본인 스스로 삶의 모습을 매일 성찰할 필요가 있다. 강자앤 시인도 옛날과 지금의 모습을 비교해 볼 필요가 있다. 다시 말해서 외부 환경을 이해하고 내 안의 것들을 정리할 필요가 있다. 작가로서의 자신의 삶을 정리하는 일은 생활의 질서를 바로잡는 일이다. 이제부터는 어떻게 살아왔는지 살펴보았다면, 앞으로 어떻게 살아가야 할지도 더 생각해야 할 필요가 있다.

우리는 누구나 앞으로 더 성장하고 성숙할 것이다. 더 발전하고 더 좋아지고, 더 잘할 것이다. 이제 강자앤 시인도 더 좋은 시인이 되리라고 믿는다. 왜냐하면 그의 위대하고 훌륭한 이야기는 아직 끝나지 않았기 때문이다.

오늘부터 새로운 시작이 펼쳐지고 있다. 그의 말처럼 "오늘도 내일도 영원히 강물처럼 흘러가야 한다." 그리고 그의 시처럼 사랑하는 이를 그냥 좋아하고 사랑해야 한다.

사람이 좋아하는
백 가지 이유 중에
가장 멋진 이유는
그냥입니다

그냥 좋고 그냥 사랑하고
그냥 좋아하고
행복하세요

좋은 것에 큰 이유가 있나요
오늘도 떠오르는 태양처럼
행복과 사랑이 솟아오르니까요

그냥
좋아하세요
이유는 묻지 마시고
사랑하는 마음으로
보듬어 주세요.
– 시 「그냥 좋아하세요」 전문

사랑에는 특별한 이유가 없다. 그냥 좋아하는 것뿐이다. 시를 쓰는 시인은 시를 쓰는 것이 좋아서 그냥 쓰는 것이다. 누군가에게 아름다움을 느낀다면 그 안에 사랑이 있기 때문이다. 그 안에 사랑이 있는 것은 모두 다 아름답다. 이렇게 사랑과 아름다움은 늘 함께한다.

우리가 아름다운 시를 쓸 수 있다면 그 안에 사랑을 넣으면 된다. 예술도 그렇고 사람도 마찬가지다. 신은 모든 자연과 인간을 사랑의 마음으로 만들었기 때문이다.

다시 한번 강자앤 시인의 네 번째 시집 『사랑이여, 눈물이여』 발간을 진심으로 축하한다. 앞으로도 사랑의 시인, 행복한 시인으로 언제나 우리와 함께하길 소망한다. 그의 건강과 건승을 기원한다.

■ 글벗시선 202 강자앤 네 번째 시집

사랑이여 눈물이여

인 쇄 일 2023년 10월 13일
발 행 일 2023년 10월 13일
지 은 이 강 자 앤
펴 낸 이 한 주 희
펴 낸 곳 도서출판 글벗
출판등록 2007. 10. 29(제406-2007-100호)
주   소 경기도 파주시 와석순환로 16,(야당동)
         롯데캐슬파크타운 905동 1104호
홈페이지 https://cafe.daum.net/geulbutsarang
E-mail juhee6305@hanmail.net
전화번호 031-957-1461
팩   스 031-957-7319
가   격 15,000원
I S B N 978-89-6533-263-3 04810